歌集

短歌研究社

夏にふれる

野口あや子

目次

夏にふれる

装幀　菊地信義

夏にふれる

壇上を降りるスカートくすくすと出会ったことに微笑むあなた

華陽フロンティア高等学校　通信制　卒業

薬指にまるい光をのせながら（ここ寒かった）地図を見ている

思い出をオーバローズさせている女の袴を踏んで、わたくし

百円のコーヒー買うのももう最後　自販機とわれしばし陽を浴ぶ

剃刀を飲むここちなる登校はなくなれどまたちがう剃刀を飲む

身に留める釦すべてにわが名前記してゆけり冬のおわりに

アドレスは、すみませんこのシャッターを、打ち上げにさあ　さ、さようなら

文化祭にて

ひざまずきポスターを描く女子たちはＴシャツの襟元をおさえて

玉葱をこぼすわれあれ苦笑してつまんで鍋にもどす君あれ

辛口。

あああ会いたいってあくび通学の慣れない電車に揺られていたら

キーボードに叩きつけたるその指の熱それゆえに死にゆくことば

ラケットを束ねてみればかたかたと震え止まぬはおとこの恋か

腕時計の三、六、九、十二の大きさの羨《とも》しく薄き手首に巻きぬ

どの人もカバーをつけて読んでいる文庫本かな車内は寒し

飽和には遠い痛みをまたしても告白しておりみずからのため

酔い醒ましついでとおくりかえされるぬばたまの地下鉄　星が丘

桜子のプラスチックのネックレス透けてこのときはもう来ないこと

赤外線通信うまくいかないとはじめて向き合う額と額

「お前、馬鹿」教授は言いぬ上り藤のぼるのはやき大学の夕

少しだけ歪んでおりぬプリントの文字と不逢恋《あわぬこい》の悦び

ネックレス、ピアス、リングを外してはこいびとにせまる上書きぞ何

からからとマリオネットがひそやかにごくひそやかに抱かれる春夜

地下鉄の吊り広告のイーオンがぶわりと揺れて夏は来しかな

焼きそばのイカをつついて大学は楽しいからね、とそれしか言われず

映画サークルの上映会のざわつきの中につぎつぎふくらむ蕾

正しさを言い訳にしてブラウンの髪ゴムをまた買い替えており

夏、辛口。ホームの柱に貼られおりそは麦ソーダと昔誰かが

ぱん、という音して淑徳弁当の蓋がレンジのなかでよじれた

血のにおい忘れ去られてメンタムが行ったり来たりたてじわの口唇《くち》

酔っちゃいない酔っちゃいないよスキップで横断歩道わたる午前○時《じゅうにじ》

笑って笑ってわらいつかれて眠る吾のうえにかぶさるみずいろのやね

テキストの頁をめくる音だけがするときがある花の降る日も

ブラインドタッチの練習帳のなかの例としてＡＮＧＥＬのさみしさ

キャミソールと靴下の結婚　そんなすこし歪んだ噂のなかで

なにもかも預けるような顔をしてきみのまえにて裸身を着たり

薄墨の直線透けるルーズリーフに書く文字のもうだれにも読めぬ

茎細くかつ真っ直ぐに咲くひとに譲られているしばしいじけよ

うつむいて六弦を弾くゆるやかな河の流れを教えてほしい

アイスクリーム、アイスクリーム、水滴をカップにつけてアイスクリーム

いいねってからだのどこが思うんだろ　ルーズリーフをファイルに挟む

カーソルを合わせる四〇個の手首あわなかったらさぞいたかろう

「表現に生きる」というわれの自分まかせ力まかせのボールペンなり

ぺきぺきとおかしの包装折りまして　穂村弘が受賞しまして。

Re: Re: を振り切るような出会いかたピアスの数がまた増えていた

岩波古語辞典いまにも破れそうコピー高そうレス遅れそう

いきること、つまり呼吸をすることで銀色夏生を繰るほそき指

〈毛先だけ揃えておきます〉やんわりと私を捩る鋏の憎き

林檎嬢がヒールでガラスを割るのなら頭突きで割りたいわたくしである

学籍番号２０１０９ＢＲＵ

かたたんとスタッカートのヒール靴ふとあやうくて君に会いたい

サークルの新歓ポスターへこませて春雨はふるわれを濡らさず

人格を疑われそうな発言をレポート書きつつひとつ思いぬ

凭れたら崩れてしまう友ばかり差し出した手にミンツ三粒

くろぶちのめがねおとこともてあそぶテニスボールのけばけばの昼

ＵＳＢメモリすばやく外すとき捕われるのはわれかもしれず

そこに決して私の名前がないことを確かめてテンプレートで眠る

しゅーせーえき、と薄桃の舌で言われたり古き愛語のようにさみしい

青空の写メールばかり撮りたがる友の瞳に開く水仙《ナルキッソス》

野口あや子。あだ名「極道」ハンカチを口に咥えて手を洗いたり

付け睫毛の糊のようなる待ち合わせに急げり履修登録を捨て

会いたい、は嘘ではないが誰のため会うのだろうか夜は広くて

歌うことがこんなに苦しい学食のうずら卵がのどに詰まって

小説を見せろとじりじり詰め寄れば燕のごとく飛び立つおとこ

Because/まで鳴らして止めたオルゴールの櫛　どこまでが無意識なのか

呼び捨てにさり・さり・さるる歯を当てるソーダアイスのうすき青色

大急ぎの電話だったか　ふつふつと切れたる後を飽くまで聞きぬ

純白の扉にマグネット・一覧表・かすかな傷あり研究室は

「先生は思いませんか」と告ぐるとき全集のうえ塵微笑めり

文学的思想の夢か夢の文学的思想か　夕立ひかる

見限るという濁った語韻かさねたりおとこの深爪のかたちに月は

ゆうぐれの淡さに腋にかく汗のわかいおんなは息苦しいね

撫でられるためのメールを送りたりストラップなどぶらぶらさせて

今回もそれらしく席を立てたような　階下に少女の赤いくつ見ゆ

クーラーの効き過ぎたカフェに連れ立ちて入るなんだこのそらぞらしさは

守衛室の山本さんが桃入りのゼリーをすすりすすりいて夏

この手摺りの先に行きたし上出来な歌ひとつルーズリーフに記し

拒食症だった私へ

もっともっともっと痩せなきゃいけなくてあばらぼねからずたずたになる

ただひとつ信じようとしていたものを拡げて畳んでトイレで吐いた

かあさんの毛抜きのさきはするどくて太き眉毛のすこしかなしむ

体毛の深き友となお「好きな子」の語彙には餌を与えていたり

ナースらのあられもなく恋であることの打ち明け話の滲む夜更けよ

すべらかにカルテは記せり言の葉に人口甘味料《ソルビトール》を匂わすわれを

立ち上がる。目の前が真っ白になる。（これは決して比喩などでなく）

身体など消えてしまえよ病室のカーテン折り目ただしく吊らるる

かあさんは食べさせたがるかあさんは（私に砂を）食べさせたがる

点対称《イキタイ》か線対称《シニタイ》なのかほそぼそと手首に交錯している傷よ

「太ってる、まだ太ってる」と叫ぶときわたしは刺草のようにさみしい

食べぬ食べぬと思えどメロンパン見たし点滴と連れ立ちて売店へ

全体重三十三キロの足裏をひくつかせては冷ややかな床

病棟の湿りのあわき浴室でぎりぎり絞りたり洗い髪

点滴の針の刺さった腕のまま　かすかな違和のままに　会いたい

幸せになれと声　たんぽぽの根まで届けばもう知るだろう

学祭／映画制作サークル

日暮れまで空き教室で段ボール切りゆくわれら発光はじむ

差し入れのフライドポテト抜き取りぬ短き秋のひかりのなかで

進展はそれほどなくて汚れてもいい恰好はやはりよごれる

ピロシキはひろしの略でひろしとは久米のことで久米が客引きにゆく

観客の「ぐっとくる」の「ぐっ」を大いなるスノーボールに閉じ込めたなら

「あのひととキャッチボールをするはずが投げたボールがわたしのたまご」

レンズ越しに見る先輩の睫毛からまた生えてくるまぼろしがある

3年の先輩がみな黒髪に戻す日（お待ち待ちたし待たぬ）

べろべろとひとを褒めたがるわれがアンケートにて褒められている

ＤＪに頼まれ両手をあげておりみんなななかよくみんなたのしく

数百本の睫毛

自己模倣として抱き合う冬の日のパン屑まみれのうすきキャンバス

ガードレールきんと光れり恋のあと畜という字をすらすらと書く

地下鉄で奇声を上げる女からそれていく数百本なる睫毛

真夜、携帯の液晶を塞いでみたらドコニモイナイ

ヒーターで奪われていく水滴のわずかに揺るる性《せい》をなぐさむ

ポケットに手を突っ込んで歩きゆくおとこの上に身投げがしたし

後遺症

煙草いい？　ジッポを出して聞かれたりいいよと答える前に火が付く

からだでもこころでもなく舐めていた氷砂糖が　割れて　しまっ　た

ああわたしもこうした感じだったのか読み止しのまま伏せられる本

お別れを切り出したあとあの夏の月下美人のように呼び捨て

星が丘三番出口の木の下を歩くきみはもういないこと、だけ

体中に刃物を隠せるほど自由　でもだいじょうぶ　まだだいじょうぶ

花の名を呼ぶとき記憶にある声のやっぱりこれは後遺症です

らいらっくらいらっくらるるりるりと巻かれるようなかなしみをしる

Re: Re: Re: 白梅

「白梅」という件名のメールにも傷付く余地は確かにあって

花占いを逆再生にて見ることとの張り付けらるるはなびらあわれ

着いたなら雨には雨が重なりて許容範囲で傷付くと決む

誰に対して優しいのだろうこのひとは珈琲いつも少し残して

われもきみも弱いことを確かめるためちぎりちぎりてやる鯉の餌

性愛歌。うたってうたってうたったら私に欲情してくれまいか

摘みさしのまま枯れていくツメクサと喩えてもよい思想と思う

大嫌いとはっきり言えば言うほどに組み癖のある脚のくるしさ

のしかかる花房のかげふかければ手を差し入れて重さ知るのみ

祈るのは負け、と知りつつ祈りたりきみの背中のあわき黒子に

目をあけてくれなかったが　揺れていた髪から跳ねた鵠がいたよ

ぼろぼろの挽き肉食べてまたという君を蔑みきれないでいる

スプーンの置き場わからず最後かもしれないことをうっすらと読む

千円札つまんでひらひらする仕種さみしすぎると目をあけていた

日溜まりと日陰を歩き分けるひと羨《とも》しと思えどなりたくはなし

野の花を摘む少女あれ得ることは奪うことだと気付かぬうちに

屋根の低い街、だったっけ　繋ぐ手の温度のことをいつも思った

それならもう元気なんだね駆け降りる階段の冷えにやや戸惑いぬ

缶詰のさくらんぼもう赤すぎてだれをも待たない口唇《くち》にはこべり

ホチキスの針をしずかに外すときの爪のようなる冬が終わりぬ

麒麟麦酒の夜、あるいは、ある別れ

「五限後に学生課前に集合です。盛り上がっていきましょみなさん！」（H）

Nがまたはぐれた！　という連絡がメーリングリストにて流れたり

あの冬も名駅のイルミネーションに行った感動してる真似もした

「かんぱぁいっ」と今だけだから今だからちっちゃい文字をいっぱい使え

酔ったふりしてるのにまだ頼られたキャベツも芯のほうから食べた

トラウマとつぶやいたならべたべたとレンズに指紋つけてやるのみ

わたくしを奏でるのは少しこつがある貧乏ゆすりの先輩のゆび

ピッチャーを持って近づけ、隣には女がいない、今だってA

煮過ぎたる蕪のごとくに感傷にびしゃびしゃ沈んでしまえりわれは

修辞にて野暮をごまかす術をまた考えてしまう文系なりき

このお肉うまいっすよと先輩に言いつつ独り占めするKよ

「カオス」という言葉が流行れり将棋倒し状につぶれる一年生に

食べ終えた皿がひかりに歪みおりごめん片付けるの私だ

酒強い？　上目遣いで聞くOに無言でジョッキを舐めてみせたり

寒椿捩じ伏すときに滲む色みたいだRのうすい耳たぶ

ひょっとしてくっつくかっていう二人の間で水菜をしゃこしゃこと食む

呑んでますけど何かって顔をして時計代わりに見ている携帯

辛かったとひとこと言えば手のなかで泣き上戸になるおひらきソルベ

山積みの鞄かきわけ後ろ髪とマフラーひとつ引きずりぬけり

舌先であそびすぎるも業である歌に愛語におまけの飴に

飴玉のからからからからっぽ別れても当たり前だと決めつけられる

「わかれた」は清音「さびし」は濁音で飲み屋を出ればつめたき風よ

吾のことは古語でいい、ながれながれたる麒麟の缶は海に着くのか

細部まで神でしょうかと迫りつつ手羽先の骨ぐるりと捻る

（ワタシー歌人）ですから授業《ゼミ》のなか気付かれぬよう噛む赤いガム

微笑んで（ナンテカンセイコマヤカナ）ぬるき紅茶をちびりちびりと

定型を上と下から削りましょう最後に残る一文字《ワタクシ》のため

「そんなこと」を変えたくないから錠剤を飲んだり歌ってしまったりする

人を恋う比喩を考え歩いてて、偶然車に轢かれた、くらい

値上げさるることば・こころ・ことば　頭を乗せれば堅き枕詞よ

一冊ずつ、という規則に堪えられず「新潮」「すばる」積み上げにけり

積み上げしバックナンバーの歪みもて絆のことを語ってみたが

島田修三《シマシュー》が「ふざけた本」という本をとる腕のややかゆくなりたり

　　　DVDコーナーで人気の映像作家

ヤン・シュバンクマイエルの映《え》のくらぐらと切り抜かれたるまなこ愛しむ

コラージュのできない悪夢抱えつつデッキの蓋をかつんと押しぬ

裁ち鋏きちきちひらく映像のゆらぎのなかのくるしみ、きみだ

はぶらしと桃

笹井宏之死去

触れたならたぶんつめたいぎんいろの手摺りにそっと君は手を置く

だらだらと水でとかした白砂糖そうして訃報に Re: Re: がつく

しゅっとでた切符のかどがよじれてておわたしたちなにか間違えました？

はぶらしは桃をこすればざんこくにでもあたたかい果汁をくれる

ちかてつにのられたことはありますか（がたがたゆれる）がたがたゆれる

ぼんぼりのなかにするりと滑り込むはなびらの可能性は低い

お悔やみ申し上げますと西に頭を下げるとき垂らしてください涎かなにか

さっきまで巻いていたマフラーほどけそこから溢れてくるほそいうた

救われたい、と思うのはいつでもこちらグリーンの付箋が折れ曲がる

切れ毛

多元文化専攻、表現文化専攻、医療福祉学科。

多元には表現、表現には多元と思われわずかオバマとなりぬ

ぺったりと下向き付け睫毛なるわれ表現は負け組の意ではあらねど

合コンの計画などを遠く聞き冷えたご飯にかけるのりたま

だけどでもすっぴん口唇《くち》のうつくしき桃色もてる表現である

伊勢全注釈書コピーの束のなかわれの切れ毛がまざっておりぬ

ちょっとアイデア出せばやろうと言い、やればおよびごしなる表現男

福祉多元表現揃いて雨の日の水玉はじく水玉の傘

なつのなみだ

両腕でひらくシーツのあかるさではためかせている憎しみがある

たぷたぷと鞄の中で揺れているペットボトルの満ち足らなさは

躊躇いもなく触れられていることの割れものとしての性欲、でもいい

差し入れて抜いて気がつく鍵穴としていたものが傷だったことを

捩られたからだが戻らないとしてもそこから花粉をこぼしてはだめ

さらさらと泣けば近付く川がありその川に住むひとを思えり

ほんとうは産みたいわけでもなかったと言われてしんと堪えてみたきを

銀紙をなくしてガムを噛むように　思春期が香らなくなるまでを

眉の毛の剃りあと掻けばぼろぼろとまたわたしからはがれおちるよ

さして恋うるほどでもなくて隣人の手のぬくみなどを推し量りたり

なぞってもなぞってもただつるつるのかなしみでしたにくしみでした

ひんやりとナースのゆびがやってきて針をつきさしてくださるんです

きみのことこいびとというほかなくて空調にただ揺れたる髪よ

キャミソールの胸元をおさえるおんな　そんなそんなやさしくあるな

黒糖のようなる鬱がひろがりてからまる髪をほどいておりぬ

新緑が目に鮮やかですと打ちしのち点滅続いているカーソルよ

折り畳み傘を巻くとき手につたう雨のかそけき許しに触れる

片恋というわがままなことも許されてきれいな沼の夢ばかり見る

添えていた手がなだらかに落ちていくそのようにして夜がはじまる

繋いだらどちらかの手があたたかくどちらかの手が冷たいことで

きらめいてそこにいたものわすれないわすれないってシャッターを切る

こいしがることはそのまま　夏の蛾が群れいるひかりもまぶしいばかり

朽ちたいと思う夜にもやわらかな爪は私の内側にある

きみのものでもわたしのものでもないことを確かめるためか遠い目をして

定型から零れてしまうわたくしもそのままとして、夏のなみだは

こんな恋などしていない

情緒過多のメール鞄に落とし込み地下鉄一本見送っており

黒絵の具つかわず描ける夜の絵のむずかしさふたり身を寄せている

マグダラのマリアとユダの仲のごとがくがくがくがく言い合っており

五月病？　文学病のことじゃない？　わかったようにきみはうなずく

じゃあ今度、追い追い決めるという結論ふたりずずずとコーラ飲み干す

三回転半してからだめなやつということを陰では言っていたりき

「世を違《たが》え生まれてきたる憂鬱な覇王」の眉に剃るのはやめよ

濡れガラスごしにひかっているランプ愛想笑いも覚えましょうよ

あの夜は弱さを競っていたのです丸めたティッシュ床に並べて

精神を残して全部あげたからわたしのことはさん付けで呼べ

鼻歌をミントキャンディーのように聞いておりいつかこいつも吾が捨ててやる

ああ、嫌い。車窓から見る電線もまっすぐ遠くへ行ってしまうし

会うまえに傷付くきみと会ったあと傷付くわれをよけぬ五月雨

男だと括ればふいにいじけおりナックルリングがちがちいわせ

ギターからぴょっとはみ出た弦の睫毛をひとつずつ緩めてゆきぬ

とろとろと光るネオンにシャッターを、かなしくなんかないよ私は

主婦なれば安心して歌が詠めるなどとジローは言いぬ水瓜食みつつ

口紅を巻き取らぬまま蓋せしを恋の歌だと決めつけらるる

大タオルざぶっと水を吸っていく弱いと愛でられ弱いと捨てらるる

しだれたるもの憎し藤の花房も女官の衣のあわきかおりも

みずいろのレースの縁取りでもあるか栗木京子のテレビカバーは

なんでもあると思わせてくれる本家ゆえ自爆スイッチさがしてしまう

おんなだろう白飯むさっと摑み取りまるさんかくと手を動かすは

つめたい埃

冗談が過ぎたと言えりどの鏡にもいつも映っていつも歪線

自意識というみずがわれを重くしてひたすらドライカレーをつつく

ぴちぴちとスクロールするそのうちに撲たれるようなひとことだった

こちらから抱き寄せたいといつも思うそのたびいつも風はおきたり

シャツ越しに触れたる君の温《ぬく》さかな抑揚もなく苦しめという

言いたくないことは言わなくてもいいのだよからからの金物の声で言う

近付けば腰まで巻き付くアラベスクだった静かに溶けていったが

知ることはよじれることとなり恐竜の肌塗りつぶすフレッシュグリーン

批評しにくい一連としてわたくしの午前一時がきしんでおりぬ

言ってもむだだいってもむだだだだんだんと連結部分のドアきしむ音

こいしいという語避けたりみずからの傷口を吸う痒みであれば

青空に飛行機雲が刺さってるあれを抜いたらわたしこわれる

想うことで勝手にコラージュされていくガムの銀紙たたむ仕種も

私以外のかたが正しいのでしょうね夕方に鳴る目覚まし時計

投げ出した足には風が通り抜けわたしはどこかにゆけばよいのだ

みっしりとタルト割りいつくずれてもおかしくはないあばらを思う

ボトルからボトルに注ぐイオン水「きみ」と「きみとのこと」とは違う

ああふくろのかたちの風を追うときのわたしまだまだ若いんだっけ

「いいえ」に丸多き問診票のその空白すこやかな台風でした

空いたばかりの椅子に残れるあたたかさあたたかさしばし問わずにいよと

なんとなく渡されているのど飴の痛いところはないのです、はい

ぐし縫いの糸を引っ張るやさしさでほんとうのことを突きつけられる

束の間は饒舌になる落ちるって知ってるジェットコースターみたいに

言葉ならずっと前からこわくってコンビニを待つ街みたいなもので

ときおりは祈りのような顔になり東横インを過ぎるのをみる

ガムテープなるわたくしと両面テープなるいもうとは離れて座る

いいとも！　のタモリのグラスの暗さもてわたしは悩みと繋がれており

だらだらと手だれ雨だれ果てるまで滴るものをわれは愛しむ

地下鉄の到着ベルを聞いているイヤホンのゴム軽く緩めて

ジェンガ

「未来」大阪大会　彗星集アングラ企画　笹井宏之の短歌を読む

喉が湯でうるおいぬ　いないひとからの言い訳に耳澄ます会にて

ジェンガ積むあるいはくずす討論にさびしがりやの十指はそよぐ

わたくしの論と重なる論にのみラインマーカー引いていたのだ

髭うすき男が投げて髭の濃き男がまずは投げ返せば　よき

テキストのうしろの肌に触れることが一番したい（しろい刃物で）

腹を立てているわたくしが変なのか飲み屋の鉢をひきよせながら

おしぼりで顔を拭くひとそうやって水掛け論に混ざらずにいる

定義されつづけることをかばいあいつづけることをおそれるな、 みな

ちりめんじゃこ

「靴ひも」を詩にするひとの横にいて私の髪は腐るほかない

真昼間の米のにおいを嗅ぐように憎しみあってほほえみあって

老いて死ぬことも若く死ぬこともばらばらのちりめんじゃこの集まり

偲ぶため想うわけではないけれど手持ち花火の束うつくしき

空調と加藤治郎の冷笑が理由ではなく口調が荒れる

青臭いことであろうとメタファーと区切られるならふるえていたい

歌のための歌ではなくて、歌のための今ではなくて、（また消去法）

死を告げることに慣れたり死のときの苦しみは最後までわからずに

かつかつと骨を鳴らしてする自慰のかつがつひとに求めたがって

語るほどねじれてしまうできごとのべこべこアマガエルの呼吸は

ひとすじの皮膚がはがれたくちびるを舐める　汚いことしか許されていない

膝裏の夏のけがれをのぞかせる少女よいつかは愛されたいか

どうやって引き受けるべきかわからない　発作のような瞬きをして

ぎんいろのレリーフぬるきかなしみに錆びるをわれら見届けるのみ

頁ごしに繋いだ腕の死を史にと変えようとしていちど沈めた

伝言

花占いの練習のみに向いていて黒野小学校通学路

わたくしを苛めるこえのただしさを練り消しゴムの柔さにはかる

ポットから濁ったおゆがぶしゅぶしゅと祖父の薬はいつも粉薬

巻いた髪ゆっくり指でたどりゆきさわさわとおわりを告げられる

音階を一度ずらしてきみと歌うずらしあわなきゃならないからだ

私だって考えてから話します　ひとりになって睫毛に触れる

車窓から一瞬みえたおじさんになにをすべてを託そうなんて

しのび笑いをかくしていたるハンカチに砂まざりおり避難訓練

わたくしの相聞に十字をいれて見たいのならばこじ開けてやる

肩掛けの鞄を背負い直してもしっくりしない続いてくのか

練り飴をぶら下げたますますふすふと神社の角でわらう母さん

とっぷりと湯船に浸かって髪を解くひろがることはいつでもこわい

脚用のシェーバーの刃はつややかに真夜の洗面台に濡れゆく

伝えてもよいという雨　ぱたぱたと羽音のようにポストに降れり

生きてきた結果いらない台所のシンクにアボカドの種を置く

引き上げた自転車わんと倒れふしペダルがわれの臑をこすりぬ

あらためたほうがいいよと言われたるときに星が留まるを見つ

二の腕を晒せばわれもいきものとしての産毛をそよがせており

「雪見だいふく」の「ふく」の字折れ曲がりキャンパスは遊ぶためにあるもの

アルコールランプの炎消すほどのきみの否定の言葉を待った

水糊を煮詰めておんな友達がおんな友達について語れり

同じようなスカート履いて毎日を過ごすわたしに思春期末期

髪飾り頬に翳りぬよごれてもいいから夏はうっとうしいな

休みなと皆が皆言う秋になる化粧綿棒唾で濡らしぬ

リプトンのぬるいボトルを傾げればまどろんでいる液体がある

『希望』に対する answer ——『三十代の潜水生活』in 柳ヶ瀬　即興朗読——

声を出すときにふるえるくびすじの　あなたがここに居てくれたこと

にほんにほん二本と脚は地についてなにかここちよく放す魚《うお》

不確かな、風に匂いをつけたもの（声でしょう）来てくれてありがとう

あなたたちの耳たぶ花びらみたいだね　咲くように咲くように歌います

「希望」って書いたらそこに王がいるその王が踏みつけたる希望あり

きききききき。きききききききき。と猿が鳴く「きぼう」って言えなかったばかりに

私にも希望はあってバスに乗ったり担々麺を食べたりはする

それもまたきぼうというのでしょうきっとしんぞうがまだうごいてるから

偽物かもしれませんけど希望って言っていいですか　いいですか

落としたっきりでしょうあの桃あの夜の冗談ゆっくり腐り始めて

内臓の入る太さじゃないって　って　うすいスカート持ち上げ笑う

蝸牛《かぎゅう》這う　君は養われるべきであろうと微笑まれし窓ぎわに

その指を深くわたしに搔きいれてほしいと思った　数秒のこと

生きやすくも生きづらくもないたっぷりと鞄重たくさせて帰るよ

今あるとぶざまにあるということを何度も何度もガス灯が言う

この褒め方はまやかしだからバランスをととのえて木犀を見ている

きん、もくせい　と呟く喉がからからからと燃えて息苦しい十月は

ひらきつづける折り鶴の羽のようだったどこにいくでもなくひらくこと

寝転んでくりかえし読む習作のさみしかった、の声洩れるまで

（いま星が）（何）（いや星が）流れたのもすれっからしの会話だったね

ぬばたまの夜の東海道線が感情過多のわれを運べり

ここのビビンバ、まずいなりにもおいしいと　足場の悪い階を上った

決めきれぬため首をふるそのたびに決めたりピアスは揺るる境界を

腰骨から喉までのぼるかなしみが溢れるまでを待てよ男よ

醜いときみが言うもの切り抜いて薄き図鑑で押し絵にしたり

じゅわじゅわと海水を喰う砂のような残像としてきみはいたりき

煙の出ない煙草のような週末をたぽたぽきみに傾くこころ

このひとと既存の形式で保存しますか　それしか許されません

やさしげにこばまれていることなどをひふかんかくでりかいしなさい

モンブランのクリーム上顎にくっついて好きだけど会いたくない人ばかり

（ごめん、私、よわい）という顔何度してこの本棚に向かっただろう

なめらかな夢がミルクをあたためてそのたび傷付くこともあること

この街に誰も間違いであるはずはなく肩を斜めに擦れちがいたり

みずたまりに踏み込むほどは傷付いてほしいと思う　スエードブーツ

きみをわたしにすることを強く希求する冬のつめたい塵を見ながら

にじむまでにぎりしめたるコスモスをふたたび咲かせるため手をひらく

傘の先かつんかつんと地にぶつけ歩く降られたいばかりの道を

好戦的だからなぁ、おまえ　と手をとって爪の半月ばかり見られる

らいねんはわからへんけど　青葱のしなりを持ちて祖母が笑えり

ほたほたとてのひらのような雪がきていもうとの髪を撫でていきたり

ゆびさきで閉じた瞼にふれるとき睫毛こまかくふるえておりぬ

駆け出してはいけないのだろう　こいびとに電話をすれば電池が熱い

ぬくもりの皮をくるくる剝いでいくことも奪っているだけのこと

手の甲に体毛くゆらせ燃えやすき一本を選ぶさまを見ており

眠りから引き上げられて見る顔の毛玉のまろみ　うすくほほえむ

白絵の具キャンバスの上に何度《いくたび》も重ねるようにきみと会えたら

フローリングに寝転べばいつもごりごりと私は骨を焦がして生きる

目を合わせ拒まれたことその目には夏草花が咲いていたこと

歯ブラシをくわえて言う「へ」がもう一度聞きたいから、って立ち止まらず言い訳を

ただきみがはかなく定義してくれた虹をまきとるような仕種で

車内揺れ吊り広告はつややかに打ち合いており相聞のごと

冬の日に一時間遅れでくるひとを腿を冷やして待ちていること

われよりも螺子の少なきひとならん葱いっぱいの饂飩するは

胡散臭い精神分析、と評しては父は新品のパソコンに触る

間取りとは似合わぬ場所に簞笥あることに気付けばすこしたのしい

居眠りを起こせば父は娘でも妻でもなきひとと別れ来し顔

そう、人はどうしようもない、ということを単位をとるために習いたり

言葉について言葉でいえばさみしくてフィルムの付箋の埃をぬぐう

自分のためにボランティアはするのよとふえたわかめをしぼりきりたり

ライターを探るしぐさを無価値ってこころのなかで言い放ちつつ、

ここからは墜ちていくようにしか見えぬ飛行機ありて今あばら越す

きみの名をとおく告ぐとき灰皿に積もり吹き飛ぶ灰なのだろう

こいびとを未だもたないいもうとの睫毛は毬藻のように揺れたり

教授らの頷く速度で発表は続けり「女性器のメタファー」なども

ブリオッシュをフォークで押せば滲む酒言い足らないと悔やむことなし

冬の砂きらきらとしてどうすべきか答えなければ進めない道

投げ込むものは

やさしさを折り返すときうす明るい青い折り紙だったと気付く

奥戸棚のカステイラ指でちぎってはただ飲み下すほかない生は

トラッシュと描かれた箱のより奥へ投げ込みたりわれが口つけしもの

やがてみにくくなっていくだろう相聞に綻びのような注釈がある

傾いて立つもの夜の洗面台にひしめいてわれの嗜癖のごとし

ティーバッグの中に閉じ込められた実のわたくしの指押し潰してく

わが髪の腐るすがたを待つようにぐずぐずと「きみ」を一首に置きぬ

ストローを浮かせて飲めばアジアンティーふるえながらわが喉にのぼるよ

伝えるたびバターはナイフにこびりつき固まるまた見失ってしまう

そういうこともありますよねって言ったときひとりで見ていた黒い川がある

言葉からついてくる身体だと思う足にタイツを巻き付けながら

地下二階書庫で冬の号ばかり選んでわかったつもりになって

植え込みの枯れ木のなかに枯れ木色のマックの袋混ざりていたり

からからと性の話をする席の押しやられたおしぼりの皺、その影

こいびとという定型を壊さないいやわれが壊れないようにぶつかりき

わたくしをなみなみ注ぎ容れたいと思っては鋭角曲がりきれずに

寒そう、と着せかけられたセーターのきみの寒さを着せかけられた

繋いだ手をどちらともなくゆるめてはおとなのひとのはかなさ匂う

昨夜《きぞ》の吐瀉ハトがつついて雨の日のさらさら乾くわたくしがいる

ひとすじがひとすじに辿り着けるとはかぎらず貨物列車の朱さ

腕時計のつめたさに触れる感情のひらく／とじるを確かめながら

軽薄なとどまりかたを　ざらざらとシリアルは皿の三分目ほど

がつがつとキーを打つ癖ぬけぬままわたしは私の幅を決めゆく

化粧傷でいっぱいという眼球に落とすやわらかい冬のめぐすり

くちびるをすこしひらいてバスを待つきみの呼び名を乾かしながら

あなただと決めつけるたび早口にもうとめどない発火であった

父はそのあと離れに行った

怒るときも名指しができずいる父よ床の木目を見ながら怒る

絶対性、とわたしが言えばよろこんでよろこんで開けている柿の種

意気込んで皮肉を言えりアルミ銭散らかるような冬の夕べに

大声で「あめりか」と言いしのち父は上目使いでビール啜れり

わたくしの真中に茎のいっぽんが立ちてときどき父を怒らす

けんりょく

イヤホンをしているせいだ乗り継ぎを聞き逃してばかりいる東京は

あのひとはかわいそうだと決めたればドアが開いて人が乗り込む

賢さを力と決めたる横顔のまぶたのかたくななる白さ見ゆ

組み伏さるることは前提　まえがみは今日を限りのながさにしたり

あしらわるるをしあわせとして踝をあらわにさせて会合へゆく

若さだと言われるままにＡ４のコピー用紙の上にマフラー

けんりょくのなきわたしゆえおしたおせしこともおしたおさるるといえり

そうでしょうか、そうでしょうかと返すとき周りが凍ることは知りつつ

分け癖のついた前髪おやゆびとひとさしゆびで捩って繋ぐ

だむだむ

よわいひとと規定されたあときみにしかできないのだとだむだむ言わるる

性的な喩ですと言えりくびかざりと首のあいだに錐差し込んで

「＊島＊房」とうるわしく剝がれていたり窓のくらさを透かしつつ見る

官能をいえば他人の背中へと腕《かいな》をまわすちからのことだ

死は水が凍るときにもあるというわずかに膨脹したるましかく

赤ワイン干したグラスに白ワイン注ぐあやうさの性欲がある

ちいさな児は帽子が似合うちいさな耳をわずかにゆがませ被らされたり

納戸から家に入れば母親と松本人志の爆笑に会う

紙おむつ換えるあるいは換えらるる一生思えばふいにおそろし

怒るたび引き戸をはずしてしまう癖もつ親子なり　鯛焼き温《ぬく》し

蜘蛛の巣のからむ雨戸をこすりつつわたしは誰にも勝ててはいない

おのおのの紙にインクが滲みるときそのまなざしいっしんに研がれぬ

友人が文字に変換されていくそのつかのまの爪切りさむし

空を見る癖のない吾に蝶の話踵わずかに浮かせささやく

春のエアコンに揺れたりこいびとと行きしアクアリウムの栞

スプーンをティーカップにかしゃんと落とすときもわれらは擦り減っていく

ちちははを紋の欠けたる陶碗のふれあうほどのつめたさでいう

われよりもわれの毛先を心配するいもうととTシャツを貸し合う

この感じ　イヤホンで耳塞いだまま階段下りるときみたいな感じ

薄き眉うすきまぶたのあからさまを見せつつわれも夕餉の卓へ

母音でしか喘げないことこいびとのシャツをくちびるにあててみる

ずぶぬれの傘立てからわたしの傘を出すきみの手に触れないように

マヨネーズの肌いろ浴びてたべものに変わるマカロニかなしむなかれ

キャンパスにひかりのかけら散らばっているいくつでも拾って歩く

傘から傘から傘から傘がえんえん続きゆくような街だとつめたくおもう

あんたやっぱりわたしの子やわと言われたり薄切り胡瓜つまみ食いせれば

きょういぞん共依存って呟いて去年《こぞ》のミュールの埃をはらう

畳まれたビニール傘の襞のなか輪郭あわく水は這いたり

メタファーとしてのおんなであるときに部屋あちこちで薄氷《うすらい》割れる

せんえんに触れたひとから俯きてまばらに冷えていく喫茶店

まるみあるものにはてはなく育つこともこうして続くのだろう

父の咳を象るような冬服のひとつひとつを強く束ねる

コンビニの陳列棚で手の甲をいつまでもいつまでも冷やしてる

もうやめろと摑まれるためあるような手首に銀の時計をつける

綺麗なものを分かち合ったらただお茶を　ちいさな紅茶茶碗でお茶を

きみがひらたい鰭を水面に打ち付けるぱつん、というおと　電話が切れる

当たり前みたいな顔で差し掛けるあなたはあなたの傘をわたしに

いちまいもまた一枚もさらしてるカーネーションとあまえたこころ

ひらかれた場所であること夜の闇を殺してひかる場所であること

はしりつつ窓につく雨の筋ありてゆるき鎖のかたちをなせり

三十円足して送った封書めきあんたはここが足らん、との声

うっすらと脳が汗ばみ結露するころに画面をふきとっている

マシュマロが潰れるときのあわだちを代償としてかなしまぬのだ

ひりひりとしていることを褒めちぎるゆるやかに見下《おろ》していくそのさなか

やわらかいがひらいてみればからっぽのぬくもり春の宵の敷道

ひらくことひきわたすことで生きやすくなる性《たち》だから、だからだろうか

より広い官能をもつそのために飾らぬままの喉みせつける

われのうちをのたうつほかなき細胞の出口としての涙腺である

ちょうつがいしろがねさわるゆびさきのここさえ言えないきみを責めやる

後ろから鈴の音して振り向けりああまたわれを追い抜くひとだ

風ふけばからだをなぞるスカートに撫でられ一〇分置きの快速

耳たぶを髪で隠して行き先を気にしたがってるなかにまぎれる

追い詰めたあとに向こうのドアがひらく　ありがとうって言われんかった

主張するなら今日はこの語がおすすめです　注ぎ口からみずが零れる

耳を飾るその自意識のつらぬいてひどいことでもあったのだった

貰ってもべつにかまわないという顔　細き雨だれに腕差し込みて

雨に濡れてるあの花はハルジョオン？　降りて摘むのは私の役だ

それならば俺も行こうか、などというきみに引きずり下ろしたわれわれか

コルクのような手首だったか　押しつける壁に弾めば妙にかるくて

うなじから生る瓜

なんびともわれのこいびと　うなじからさくりと割れるように明るし

父の手に手を重ねたし風向きが瓜のほうへと傾いている

世界からはずされて暮らしていたのだと気付くあのひとの歯をおもうとき

しんけんな戯れごとだった　後ろ手で脆い下着を押しやっている

透明にことばは濁る　一文字にひともじ重ね本とじるとき

考えはおろかだったが考えではあったこと　低いパンプスを脱ぐ

相聞のかげが薄いね　そうですね　生成りがほどのミルクコーヒー

ＰＡＲＣＯまえの夕日の坂をくだりゆく呼吸に色をつけるなら紺

高島屋のショーウインドーにうつりたるわたしがとおくあるいています

ゆるせない、とおもうまで許していたのだなジッポの点け方まで覚えてて

本棚にならぶ題名わたくしの未来のようにうすらあかるい

われにかえればわれには傷が多くあり　打ち傷　剃刀負け　みみずばれ

良い本です　よければ貸します　じわじわと春の唾液を滲ませて言う

わたしたち駄目じゃないけど駄目なこと似合うねきれいなお湯みたいだね

波立てることがすべてだ　携帯で一日《ひとひ》をきみに告げるベッドは

ことごとく打ち明けさせてたちの悪い玩具としてのシガレット喫む

あかつきは野口あや子と呼ばれたる気がしてきみの布団から出る

きしめんの脇のベンチで膝下を崩せりきみの歌を読むため

嫌いだと何度聞いたか　されど膝を組みあわすのは避けながらゆく

はじめての講義は短くテキストをひとり潰したるごとく開けたり

なにものか　短き木の葉をちぎりつつ私のつよさをひきだしたがる

香料は（ここにも）染みて儚きは夏の足裏《あうら》のいつもさらさら

おんなだとわかることばかりするたぶんただしくないような女の

Tシャツのタグの部分を見ていれば日照雨のような汗はわきくる

うまくやることはなくってぽこぽこときみの背後を歩いてゆけり

えりぐりのふと揺れていてやわらかき闇があなたの胸に届くも

切れ味の悪い安全剃刀がすべる頬から顎に　やめない

ありあまりときにたらない砂糖水の砂糖、若さをふりかざし吾は

つややかなしかし真っ直ぐ並ぶほかないタイルたちながめてあるく

慎重に一語しずめるゆびさきのかなしいほどに深爪である

アボカドの種を抜くときほのかなるいたみはわが家でわれだけにある

泣きながら死にたい　マトリョーシカのなか隠されている木片となり

いもうとの脚はふっくりそこらじゅうのプラスチックの飾りをさがす

すんすんとスカートからはみ出た脚の指がいつでも五本なること

生きることのねむってはめざめることのはてを見ないで暮らしゆくこと

駅裏の放置自転車、吹きっさらしのよろこびばかりあなたは言えり

男より女が偉いと思うとき色とりどりのコンセント抜く

（きみの部屋にもあるだろう）メンソレータムの瓶がベッドの下から出てくる

乾かさぬ髪を枕に擦り付けて夢でもわれはかたくなにあり

こちらを向いて加藤治郎がわたくしと正反対のひとを褒めたり

しいか、しいか、言いつつさみし常温の緑茶をのんでしんぼうします

わたくしという問題がまっすぐに解答にゆく根拠を示せ

戦っているよ、俺はときみは言い銀の携帯ひらいてばかり

疎まれることにつくづく鈍い身をよじりて入るマツモトキヨシ

スカートの皺つまびらかにさせながらわれの欲求の色と思えり

5番線ホームぎりぎりに立っているきみから貰ったお茶を垂らすため

底あさき批判をしつつあじさいのむらさき傘のほねで散らしぬ

なめらかなジェラート舌で巻きあげて歩けばどこももろい砂浜

黒い橋にもたれて電話をしていたね、今日見た猫が何匹だとか

狭き椅子並べられたるなかきみの睫毛の揺れを見つめていたり

直情に突き動かされるときいつもわずかにあがる喉をおそれる

みずみずとよく濡れている鼻歌をうけとめながら広い道へと

工事中道路におかれた水色のコーンあやうく少年跳ねる

飲みさしビールの瓶を撫でたあと煙のあがるほうを眺めた

たどたどしい街に行くためふとももを雨にぬらせど構わずはしる

導線をひとつずらせど灯が燈るようなさびしき会話はありき

かたかたと電車は進みだれかが住む風景を追い越してゆく

滞るばかりの車道その先のやわらかに立つきみにあえない

指ひとつずつ

なんのためのしぐさだろうか指ひとつずつやわらかく折り曲げられて

店先の棚に寄りつつ確かめるストローハットのりぼんの硬さ

「とうきょう」と祖母は言わざり封筒の五千円札黙して渡す

おさなき日の鉛筆は父に仕舞われており噛みあとの長きみどりを

みずのなか苦しんでいる鉄片だ、きみは　助けるゆえもなく言う

学食を前にざっぱり髪束ねなにものにも守られていない顔する

焼鳥屋とマクドナルドが赤い街のそのどちらをも蔑して入る

みみたぶの近付いてきてクレヨンのみどりを潰すような欲求

遠目用ライトをあてるまぶしさに精神ばかりをうつくしく言う

てのひらにうすくつつんで当てているSuicaのぺんぎんまだ若きなつ

嘘のない人として笑む潰しやすきペットボトルをあさく抱きて

やるかぁ！　とぶちこみしのち夏休みその破れ目にあふれるひかり

音階がずれてしまった　痩身にゆたけきチェロを抱くひとを見て

返さない本はやっぱり返さないままで裸で焼ける背表紙

わたくしの体液のこるナイロンの下着を水に沈めて母は

依存という語をくりかえし避けながら充分なほど若き日あらず

ふくらんだものはやさしくしぼみゆき夏の庭から祖母が帰り来

自分では選ばぬ場所で焼きそばを食べる昼きっとまだまだあって

フェミニズムに目覚めてもいいなどという加藤治郎の蜜のあかるさ

あの秋の黒のモカシン、そこからがめくるめいたといえば易くて

強さだときみが言いたるわたくしの黒目が川のひかりを許す

きみの母がきみを生みたる歳になる私と珈琲ばかり飲んでは

このひとに問いかけるたびそのたびに遠いうなじをもついきものだ

構内のベンチで眠るひとのいて公衆電話のきみどりは寄る

花、それも真白き花の写りたる葉書なんにもためらわず購う

信じればあかるき夜にひとりひとり懺悔している名古屋高速

あやうさをふりかざしつつ走りだすだろうときには肩をぶつけて

答案へ書き付けるときさらめけり切り売りしたる青春の名は

これぐらいならみせてあげるというような降りかたである　傘はひらかぬ

全否定されるかがやきのぞみたりこめかみちかき髪を切るとき

から揚げのにおいを近く感じつつやっぱりそうであったいくつか

他意はなくひらきっぱなしの自我をまた恥じつつ続けるほかなき自我か

そのみどりまずしき駅の植え込みの照らされてまたあかるき夜の

きらきらとまたさらさらと呻きつつ湖を越すように生きたい

パーキングエリアの狭さわたしからわたしのこころすいと消したし

ひかり、ってつぶやくときのひかりとはそのときどきにわずかにちがう

バスの窓なかばひらきてほほえまぬ頬に触れたる風鮮《あたら》しい

文学論浅くめくれど「近代」という一語の悦びあさくあらざり

足元の近くに打たれている釘が当たり前にも蹴られていたり

気難しきおとこの文体ざんざんと枕の隣に積んで愛すも

飲み干したカフェオレボウルの底にある濁る詩語ほど引き継がれにき

わたくしは成り立っているという声のまだほの青いあたりを刺した

痛みとは悟られぬよう微笑んで年下のひとに相槌をうつ

不確かさばかり輝く　会果ててちかいひとへと影を揺らせば

しずみゆく感情を買いたがっている人へと向けるちちふさしずか

文化祭から帰り来ていもうとは沼のようなる皮膚をひろげる

除光液じんと匂ってささくれに痛みが染みていく夕焼けや

雑巾のようだと評したそればかり思い返せばエアコン唸る

中ジョッキ飛び交う席で名を呼ばれ影くきやかにそちらを向きぬ

裸婦像の続く通路にゆびさきを温くさせつつ過ごしゆく午後

わたくしのからだの点字を読むきみはおそるおそる一語のみをつぶやく

枝分かれしてゆくきみのからだだし、ひとさしゆびを吸えばにがくて

油染みあわくのこりていっときはひかりと信じていたかったこと

癒されぬひとのこころを説いてのち嬉しそうなる会は続けり

血のめぐるしぐさひとつを楽しみぬ人とわかれて花捨つる間も

澄んでいることを理由にするひとが紅茶にバロックシュガーを落とす

強くはないよと言い合いており分厚めのフランス画集に陽は滑りゆく

句読点のうちかたまでがかわゆくて考えるふりが上手なひとよ

のったりと空気に存在宿しつついま学長はPeace吸うらん

晩秋から初冬

ゼロコークのぬばたまだろうねばっこいやさしさの前にばかり捕わる

生きるというモラトリアムを抱えつつ晩秋コーヒーショップはなやぐ

手鏡でひかりを照らした十代はつねに誰かの死が近くって

こころだけかしこくなりゆく少年の時計の文字盤濡らす冬の陽

ふくふくと着込んで今日は無敵なり大柄なれる年下待たせ

われわれはモスバーガーを齧るため横断歩道を走りぬけたり

弁当のごみを空き缶入れに放る自由わたしはいまはたのしい

充電のほそきコードがゆがみおりそのままにして昼まで眠る

ひかえめに降りくる雪がマフラーのうえに浮かびて溶けるそのとき

うすき筋うかべる和紙で包まれた干菓子　いうなら祖母の意思とは

リモコンをしばしいじりてよくわからぬ設定にして父は去りたり

地下鉄が闇に入るのも戦争の勃発も携帯いじりつつ知る

ほんの、ほんの、すこし翳ればせつなくてくれないの皮はりつめている

痛みから鈍くなるのは遠くまで行けること、とは限らずに道

あなたなんて正しくないと言われっぱなし、雨の隙間に柱はありて

あのことはきっとどうにもならぬゆえ書き残すしかないのだよ友よ

襞やさしくひらいてみたいおばあちゃんの胸乳はふかくしまわれていて

三七度五分で早引きするときの生きる・死ぬには使わぬあたま

だれそれの妻と呼ばれて暮らすのもまたよしサンダルばかりを履いて

頬紅の擦り減ることのたのしみが老いるたのしみ、仮説なれども

頭蓋骨わずかにずれる朝に持つＩＣカードのうすさ白さよ

赤色の電車のようになめらかにはしりくる友に一度も乗れず

われのおとこの趣味が悪いと言いくれし友のいてさらに親しくなれり

蹴りあとの残れる椅子の背中へとくちづけのごとわが靴あてる

死にたいが死んだことなききみとわれの鞄が部屋にわだかまるのを

近寄ればひたひたと手を撫で回す祖父は性別もてるいきもの

満ち潮のような闇なり椅子の脚浸されゆくを見てしまいたり

半島に行き着く途中でコーヒーを手にするうすっぺらいカフスだ

肩先に鞄をかるく反らせつつ歩くわがものがおはわがもの

パスワードの青を赤字で書き写したしかな怒りもこうやって来た

桃飴を受け取るようないっしんな恋をしたとして目の前のひと

弄《いじ》らなければからっぽになるこころその穴に新潮文庫を放る

にごりなき親愛のなかあのひとのはなすじの骨うつくしからん

欲するをやめれば生はおわりなりすなわちひと恋うこころも終わる

霙には霙のふしぎ　拒まれしのちにためらうこころのふしぎ

抜きとればゆっくり左右はゆるみゆきなかったことの棚の雑誌は

キャンパスの連絡バスはすずやかに憎み合うのを悪とばかりに

恐竜図鑑のごときせつなさ　青年が背骨ゆがませ眠りていれば

縮れたる鞭と思いぬくびすじにマフラーのその化繊はふれて

眩しさに睫毛を寄せて恥ずかしげなき育みを続けよという

やすやすと扱われたし髪にひかり塗《まぶ》してあればはずしてくれよ

ゆびさきを捻って指紋を消すときのほのかな圧はやはり温《ぬくと》き

「せいしゅん」はふいのくしゃみのようにあり飛沫も意思もなけれど知りぬ

事故現場一時間後のはなやぎをひたすら堪えて立ち去りにけり

じんじんとかじかんでいるわが耳の野心のかたちがふくらんでいく

あのひとはよいひとのまま死ぬだろう樅の葉が掻く空を見上げる

泣いてみよときみにささやくいつか会う川の筋もつうなじに触れて

身長がもう伸びぬその代償にきみという語を貰いうけたり

セーターをくたりと着たり微笑めば為しえることまだ多くして

柱に触れる

わかものの作品ですね、散りきらぬ花のかたちをつねに気にして

君だけの問題じゃないと師は言いぬ犇めくぶどうのくるしみのなか

眩しいが目をそらすには強すぎる冬の裸木はただ立つばかり

心臓を潰してなすりつけたあといつかほろびる柱に触れる

ひかりながら走り去りたき欲求のひとつひとつの釦つめたし

レモネードに唾加えつつわれわれは溺れることをまだ避けている

亡きひとをまたしたたかに生きさせてしまいぬＷＥＢに腕《かいな》さらせば

人形の髪つかみその頭を傾げハンス・ベルメール写真を撮りぬ

みずからに髭《ひげ》を描きしフリーダの口もとにある強き自愛よ

モナリザの背後の混沌のしめりを永久に残して画家は去りにき

垂直に水過ぐるその確率の低さ　わたしを捨てるとき言う

その風を強く感じていればこそわたしはたやすく撓りはしない

先っぽを軽くつまんで火をつけるきみは時間をささげるばかり

文化センター

修辞だと言いし歌人の口角のはつか湿るをさむざむと見つ

それだけでいいのでしょうか午後8時文化センターに毛髪はあり

しなやかな髭をもちたる男ゆえ為さねばつねに叩かれていき

殺傷力があなたは高いと言われつつテ・オ・レの甘きを奢ってもらう

しかしでも決め付けながら進まねば豹のごとくに身をしならせて

戦争をコンテクストに読むおとこありておおかたやさしいおとこ

耳裏に感情はありどうしても甘えたいときそこへ寄りゆく

ひらかれてＰＣは病むやわらかなものいいせんと追い詰められて

しろきスープにパスタがふやけゆくあいだわれ引用をふいにあいして

はばたくままに

逆風にうすきスカートひろげつつわたしの役目を果たすたのしさ

なめらかに生きんと語を継ぐ頁ありさりとて青き付箋を貼るも

ひとがひとを守りぬくいきぐるしきを　コインは撒かれ濡れゆくものを

わが骨格のおさなきゆえに生き残るちから、悔やめどただにやさしき

うつくしく嘔吐のできぬ身であればはばたくままにセーターを着る

ひきとめている冬夜のドトールのつめたき渋味に舌をあそばす

ぼくの母の件でと父が話すそのやわらかやがてかたくなるまで

合成にちから吸わるる遺影なり藤色の衿を選びて嵌めたり

土色の合皮サンダルつっかけて足細き祖母を家に迎えぬ

祖母　野口あさゑ死去

羞《やさ》しさは生温きことを受け止める力であるか　カテーテル抜き

あやちゃんとわれを呼ぶものあふれきて固いうつわを洗いくるるを

意思のなきくちびるの美《は》し　紅もちて死後をも笑まわす役目渡さる

あなたは何もできないのではなくしないのだと今日は言わざる母を憎みき

しゃらしゃらの本屋の袋に包まれてもどらぬひとより貸し物もどる

あばらぼね細紐として崩れつつ焼きあがりたり納めてゆきぬ

身は棺　されども棺に似るがためのみに身を持つものなどおらず

祖母がいたころ作った歌

干涸びた指にリングを貸して告ぐ痩身もまたたのしきものと

けっかん

おこなわずおもうのみこそ尊いと　そのみずいろの声に蔑さるる

背景はあれど風景ないままに講堂の外みつめていたり

父はすぐ靴下を脱ぐ　くつしたの鬱はすばやく母に捕わる

形状のとどまらぬことを常としてわずかに憎きひとのはなしを

ほそながきものが好きなり折れやすくだれかれかまわず突き刺しやすい

満ち足りてのちかすれゆくおろかさは、 たとえば充電プラグ差し込む

きんいろの絵の具のチューブ絞りきるはずみのままの秋がつづけり

万歩計きちきち振りて遊びし日ただ青かりき父のジャケット

最後尾確かめながらのぼるときききんと匂えり夜の歩道橋

救わぬと決めていたりき　濃緑《こみどり》のマフラーやわく手渡しながら

1ダースチョコひとつずつ置いていく友のてのひらそれぞれの温《おん》

もう黙れお前は喋んな冬空の眼《まなこ》のしたでわかきひとらは

生春巻の両端にディップ付けておりややとおくから来たものとして

ピアスホールにピアスとどめて妹が立ちあがりたり白き河口に

受信履歴を追えばときおり混じるそのローマ字のままの仲はながくて

はだかのまま鞄より出す電子辞書の語をあくがれて銀は削げつつ

大丈夫と思うまで繰り返しくりかえし座す喩《メタファー》の部屋

あいつのことならわすれろよ、とかそうじゃない一昨年わたしが決めた脆さは

シャボン液吹けばわずかにくちびるに苦きが混ざるはじめの記憶

かがやかしく生きるほかなし　横ざまにひかりを透かす空き瓶越えて

少しずつ重たくなれるクリアファイル揃えて日々は静かに燃える

けっかんは羞《やさ》しきひびき　腕さらせばなみうちながらきみは泣きいて

あのひとと思えば暗き喫茶室のチラシの文字を追いていたりき

わたくしは、と言いさすみだりがわしきを頰に揺れたる前髪やわし

春の潮におう町にて会いしとき前髪がまた伸びたと告げつ

ひらひらとライターの火はひかりつつ他意があろうとなかろうとあお

指をさしてはいけないという約束に寄り添うような細き矢印

ポエジーと教授は嬉しそうに説く巣箱のようなる演習室で

風の吹く場所で話せばわたくしに当たるのはきみの息、または風

エメラルドグリーンのごと褪せやすき記憶留めるしゃっくりしゃくり

どちらがわも敵と見なさぬ朝明けのペットボトルは結露を選ぶ

From your daughter

自画像として描《えが》くとき母親は改行のない感情だった

姨捨と教授が板書するまひる胃の春巻のかたまりおもう

きみといて砂利のちいさな石ばかり拾ってなげる癖がつきたり

はらはらときみの思想を右耳に浴びて夜中の敷道あるく

行き先はいつでもゆるやかにカーブしてあるものと気付くまちなみ

ジェンダーとセクシャリティーの差を学ぶ鎖骨を浅く埋めたまんまで

パソコンを起動するときわんわんと二十三なるわれの産声

助六の置かるる場所はほの暗くいとこはとこの進路を聞きぬ

庇護をすることのやさしく軋みつつ櫛の目として古びる家よ

同じ米食んでむらむら太りゆく女系家族の箸は短し

脱がされるためには与えられていない服・こころもう逃れなければ

煮崩れたたべもの喉をゆくときの崩れるものを取り落とさぬよう

ちちはは祖父祖母いもうとの毛髪がからまって浴室に囁く

ちらちらと恥部に触れつつ身すすぎは細麺ほどにひとであるべし

嫌われてるんでしょうでしょうね君の眼鏡がぼややんとひかりを曲げる

雨ならば雨、とつぶやきてのひらに確かめれば確かめるだけでよい

祖母に来る手紙のうすさすくなさよ角ととのえてタオルを畳む

見なくてもいいと子の目を塞ぐため持たされたのかこのてのひらは

アボカドの食べ頃母に教えつつまるさに少し慣れゆくこころ

男なれば紅は塗らざるくちびるの色は退きつつ乾きゆくのみ

正しくも美しきという名をもちて四十余年を病とゆけり

本家なれば次々見つかる湯呑み茶碗　湯がまだ沸かない、といもうとが言う

血縁ならばまず座すというくるしみをそろえて黒き服を揃えて

古びたる写真は木の葉、笑むままに掃きあつめられふいに拾わるる

肉親とふれあう指のほろほろとひとつまみほど葱をちらして

おかえりなさい、白布とればすこやかなその白髪の角刈りは見ゆ

焦がれはてる雫の珈琲もとめつつあふれるように生にこがれる

果物に饅頭。親族集まれば一世帯ずつの袋となりぬ

花束にあわくまじれるかすみ草のごとくにありてつねにゆらげる

母のほかの花にうずめぬ身の冷えていまだならぬ花に埋まるる

当然として男らでささえたる棺おろおろ揺れていたりき

わたしならもっとやれた、とわがうちの祖母の声ありやわく責めらるる

蓋とざすその棺との繋ぎ目に幾人のゆびさきはありたり

くずれやすきこころののちは崩れやすき肋骨として生きるのだろう

うるみゆく眼をあけたればうるみゆく世界の木々は雨に曝さるる

やはりおまえはここ限りだというような水面にまざるみずの声あり

うしなえば紙が一枚要ることの説明つねに微笑まれつつ

線香はあらゆる空にのぼりつつ喉仏ほどにまろく消えたり

声はつづけりあたたかきなまぐさき器官を真中におくほかはなく

まだ咲かぬ百合のきみどりうらうらと声を吸いつつ燃えゆくだろう

いつか過去を見殺しにして生きたしと皮膚に張り付く喪服を脱ぎぬ

あのひとのかるき屈折おもいつつさらさらさむい春風のよる

卓の辺へ卵をかろく打ちておりまぼろしならばみずからを見よ

油鍋に泡立ちながら沈むときドーナツの母は穴であること

いっぽんいっぽん整えてゆく粧いの神のごとくにさめざめとせり

シュシュ、シュシュ、とくちをすぼめて言えばただ甘やかされて老いてゆきたし

惜しみなく大切にするうとましさ　すこし汚して本を返しぬ

縁取りのある塔に住む生き方を選ばず雨をゆきつもどりつ

自動車のタイヤまわればゆくひるの置き去りになどできない道だ

ろくがつの濁れるみどりされればなお死ぬまで生きるみどりとおもう

いきながらえてあわくあやめる爪あれば小雨のごときしろさを持てり

かがやきを受けるべき丘あることのひたいをやわく剃刀すべる

清潔な箸のちからをうばうため八重洲口にて二度を会いたり

あらざればきっととけあうゆびさきでビールの泡ひとつのこらずつぶす

それはすこしおもしろいこと裏側をおもてにしたるTシャツを着て

衣ごしにあればすべてのひととまたまじわったたましいと思いぬ

冷やしてはいけない箇所を冷やしつつ六月に食む蜜のにこごり

はこばれて緩んでしまう膝のこと　最高気温はいつも夜に知る

ゼロコークのくろき気泡のはじけたる渋谷に腕をさらして待ちにき

空くじを選んで摑む夏休み　湯水ほどとはいわずたのしき

からからの死んだ蟬へと太陽をかざしてすこしずらされていく

母に母を尊ぶことをいえぬままバラ園の土ざくざく踏みぬ

のびすぎたくちばしくるしかりりりと木の実あるいはヒットパレード

はみださぬように引きたるラインあり目よりとおくの場所をしらない

肉片のぎらぎら沈む鍋ごしに硬貨三枚渡しておりぬ

腋かすか湿りはじめてゆうぐれの商店街のビーチサンダル

さみどりの車輪つるつる引き摺って人生ゲームに娘を生めり

親というにはおさなき父よ新聞を折り目さかさに畳みおえれば

ものさしの三〇センチが落ちていていまここ、の地をはかりていたり

睡蓮の絵を前にして両腕は処刑受くるもののごとくおろせり

風邪ぎみの建築物にむんわりとリングノートがかさ張っている

ぐるぐるぐるぐるぐるとへびをえがきては蛇と言いたる恍惚ありき

相対性理論が歌手の名であると知りし日秋服春服ぬるし

描かれた街にはきっと行けなくて行けないままにきみと見ている

イヤホンの護謨はずれたるままに聞くおんがくのごと恋を告げたし

安直な留意ができぬ　ハンガーの両端曲げて下着を吊るす

人生に触れさせぬよう助動詞をひらりひらりと裏返したり

急行と鈍行ならびてとまりおり胸元のパールのようなまばゆさ

わが顔をうつせる夜の窓のそのむこうの風を見つめておりぬ

すきですと控えめにいうそのたびによかったのだと、控えめならば

建てられたなかで眠らねばならぬにんげん背骨はふしぎなかたち

愛情のうつりかわりのしたたかな白身魚をじんわりと噛む

薄皮を剥がしすぎたるこころにていつか返す１６８円おもう

めんめんと捲ればついに死ののちに熱を帯びたる一人なりき

賛同はせずに語れり君の向こう草の擦れたるおとを聞きつつ

ものはいいよう、ものはいいよう、と箸を割り一番先に食べてしまえり

割り箸を輪ゴムで留めて捨てており誰に呼ばれてもちゃんと見上げる

わたくしを映すつよさになるまでのレモン氷を崩しておりぬ

硝子器の夕顔ほどにひらきつつスプーンはともに使わぬ仲よ

髪の辺にでかいりぼんをつけたまま笑ったことが幾度かあり

我慢してミートボールを食べている父になる性すべてかなしき

扇のかたちにきみが均した砂浜にわりきれぬままいつまでいようか

白葱の端をわずかに切り捨てて始まるような性欲いとし

天候のはなしで満ちて天候でこころをすべて満たしてはなす

だんだらのみどりの葉先ととのえること思わずにくるしかりけり

病とは治すものとは知りながら照りながら舌出すボールペン

埃にまみれたるチョコレート　そのひとりが泣きだすまでやめぬのか議論を

上等な会は終わりて地下鉄の携帯電話、電池あぶなし

留め金はただにつめたく閉演ののちのよるへと歩みゆきたり

去りゆけるあのひとは苦しかったらしい、くるしく去るをえらんだらしい

くるしみて得るとさりさり砂時計の砂こぼすごといいさすひとよ

ゆびとゆびただふれただけももいろのまざったような一〇時の空だ

やなぎのしたをとおるのだろうあのひとのゆめうつくしくわれのむかえば

「…くします」を流して書きぬ窓のそと誰か怒っているようだった

なお雨に身をさらしつつさびしさのかたちに思うなどつまらなし

ドライヤーの穴のつぶつぶいつか見た舌のひややかなりし灰色

だれかに言ってはいないとおもう　角膜に花咲くようなゆうぐれとなる

指先はこころとつながりきれぬ場所せつなさなどをたやすく記す

銀紙をくしゃくしゃにしてつぶらなる一粒の実に握る生かも

刺多き花はつなつに多きことときみを素足で押し出しながら

にぶくビル並びてひかる朝焼けをわれの背中にきみは描けり

煽りつつみずみずめぐる体液のはじめのしぐさをことばと言いぬ

ひとごとめいてみずからのこと語るとき翳るであろう顎のかたちだ

解説——三十一文字の私小説／諏訪哲史

1

野口あや子の短歌は実は小説でもあるのではないか——。こうした僕の個人的な、一言では名状しがたい不可解な所感は、彼女が昨年の秋、大学の卒業制作として自らの過去を題材に書いた私《わたくし》小説と、この、嵩《かさ》の張った第二歌集『夏にふれる』とを読み比べた際、ふいに生れたものだ。

今春まで野口が在籍した愛知淑徳大学文化創造学部の表現文化専攻には、詩や演劇や映画をはじめ多くのカテゴリーがある。もちろん短歌もあり、現学長の島田修三氏がゼミを直々に担当した。魔がさしたとしか思えないが、ゼミ選択のある二年の後期、野口は歌人として入学した当初から心に決めていたはずの短歌ゼミでなく、なぜか僕の受け持つ小説ゼミを志望してきた。本人に問い質すと、自分なりに熟考した上でのことです、もう決めてしまいました、変更はしません、と、ただ頑なだった。自分の言語表現を、短歌の内部でのみ培ってゆくという営為に、ゆえ知らぬ不安を抱いていたのかもしれない。

四年前、まだ大学一年生だった野口が僕の特別講義の後、縦書きの歌人の名刺を持って挨拶にきたときのことを今も覚えている。やせぎすの、いかにも頑なな少女だった。二年のゼミ選択でも、三年・四年のゼミ授業においても、彼女は常に頑なだった。頑なに「私」だった。「私」以外の人称に身柄を売り渡すくらいなら他者さえ殺めかねない、そんな剣呑な自意識が、野口あや子というくるおしい魂を生かしていた。いつしか時がたち、気がつけば、少女はすっかり大人になって、「私」をわたくしと読むのに違和感のない、強い矜持を秘めた表現者になっていた。

「一文字」
定型を上と下から削りましょう最後に残る一文字《ワタクシ》のため

「あめの隙間」
肩先に鞄をかるく反らせつつ歩くわがものがおはわがもの

2

「なつのなみだ」
銀紙をなくしてガムを噛むように　思春期が香らなくなるまでを

第二歌集となる本書『夏にふれる』所収の約八百首は、作者の十代の終わりから多くは二十代の前半に詠まれたものである。春（思春期）の終わりに、これから来る夏という季節に触れる、期待と不安の鼓動が高鳴るような書名だ。おおまかに言えば、第一歌集『くびすじの欠片』が十代、本書は二十代前半に、その収録歌が作られたことになる。

第一歌集に関しては、今から三年前、東京で開かれた彼女の作品の合評会のため、出席できない僕は名古屋から寸評をしたためて送った。会場で読み上げられるというので、わざと偏った視点に立ち、代表歌でなく、ことさらエロティックな歌を選び批評した。

ねこじゃらし君のつけねに触れてみてはじまっている秋の音楽　「Sexual」
性愛をあどけなく待つこの朝《あした》吹き溜まりたる花びらばらす　「或る国語教師へ」

僕は第一歌集所収のこの二首を、ともに少女の赤裸々なオナニズム歌であると断定した。男根《ファルス》的意匠としてのねこじゃらしが自慰具を仄めかし、触れた君＝私（それは自分自身の肉体を客観的に指す）のつけねからはいわゆる三島的な「音楽」、すなわちオルガズムの旋律が漏れ聴こえる。花びらは、人に散らせず、自ら「ばらす」。そのエロスは夢の後の「朝《あした》」にわだかまらず、「吹き溜まる」。「あひびき」や「むつごと」でなく「性愛」というあられもない抽象語を詠い出しに置いた点が好ましい。等々。……批評会を終えて帰ってきた野口は僕に「まったく、大人の男ってみんな厭らしい」と冗談交じりに言った。僕も笑いながら「女だってみんな淫乱だろ」と応酬し、いつものとりとめない戯《ざ》れ話《ごと》になった。でも、果たしてあの僕の評が大きく的を外していたのかどうか、いま一度、本書の読者に問うてみたい。第二歌集『夏にふれる』から四首を引く。

母音でしか喘げないことこいびとのシャツをくちびるにあててみる　「ひらく曲線」

枝分かれしてゆくきみのからだだし、ひとさしゆびを吸えばにがくて　「花を捨てる」

血のにおい忘れ去られてメンタムが行ったり来たりたてじわの口唇《くち》　「カーソル」

赤ワイン干したグラスに白ワイン注ぐあやうさの性欲がある　「だむだむ」

吸えば苦い「ひとさしゆび」、血の匂いのしていた「たてじわの口唇」、それらは文字どおりの人差し指、口唇なのか。メンタムのリップ・スティックが何の隠喩《アレゴリー》で、「行ったり来たり」は、左右になのか、前後になのか。「性欲」の二文字がなかったらうっかり読み流すところだったが、赤を干した後に白を注ぐ、とは、本当に葡萄酒のことだろうか。淫靡な初夜の臥所《ふしど》における、グラス（＝膣）への、互いの体内から抽出された紅白の「液体」の「入れ替え」でないと誰に言えようか。本書所収の「オルゴールの櫛」の歌ではないが、これらのいったい「どこまでが無意識なのか」。

だが不思議なのは、これらがいずれも秀歌であることだ。おのれの裸身が無遠慮に他者から見られ、欲情を見透かされることを厭いつつも、実は自分自身を、そのみだらさを見破られたい、読者に視姦されたい、そうした受動のエロティシズム。これらの歌の中に立つフラグは、すぐれて性的な、いわば発情期の「無意識《リビドー》」に他ならない。

3

青空に飛行機雲が刺さってるあれを抜いたらわたしこわれる　「つめたい埃」

ここからは墜ちていくようにしか見えぬ飛行機ありて今あばら越す　「単位認定試験」

脆弱な自我を、一本の飛行機雲の突き刺さる蒼穹へと投影する前者は、まるで今しも決壊するダムの亀裂穴を自分の一本の腕《かいな》でふさいでいるがごとくに緊迫した、ヴィヴィッドな歌だが、類似したモチーフを扱いつつも、後者のほうが、より大人びた、ふところの深い歌になっている。自我が肉体（あばら）を得て、しっかり世界（空）と重なっているからだ。ここに野口あや子の成長の一面がうかがえる。つまり前者の「刺さっている針」の動き如何でやすやすと破壊されかねない危うい世界＝自己が、後者の「内側へ堕ちゆき、刺さりゆく針を静観する広大な空」そのものとしての世界＝自己へと、大きく変貌しているのである。世界の中の「点景＝飛行機雲」の動向に慄《おのの》いていた脆弱な自我が、点景を呑み込み受け入れる器としての肉体、「背景＝空」となって世界をまるごと主体的に乗っ取ろうとしている。むろん、これらの変化は単に作者の全能化を意味するのではない。肉体としての空は、自らへ向かって堕ちくる飛行機の軌道に、なおおぼろげな不安を抱いているからである。

同じ米食んでむらむら太りゆく女系家族の箸は短し　「From your daughter」

4

本書中、もっとも作品としての技量、表現の求心力、短歌史の正統を継がんとする意志の顕著な、まぎれもない秀歌であろう。疑いようもなく玄人の作品である。だが、それを了解した上で、僕は野口あや子の真価をそうした技術的なオーソドキシーにでなく、短歌自体をややもすれば振り切ってしまうかもしれない「私《ワタクシ》」の存在の力、技巧をも破綻させる我執《がしゅう》（自我への執着）、もしくは業《ごう》、つまり煩悩の強度にこそ見い出したい思いに駆られる。

ほそながきものが好きなり折れやすくだれかれかまわず突き刺しやすい　「けっかん」

とっぷりと湯船に浸かって髪を解くひろがることはいつでもこわい　「伝言」

ひらくことひきわたすことで生きやすくなる性《たち》だから、だからだろうか　「宵の敷道」

一首目「ほそながき」は今もって「圧倒的に」解らない。だが歌自体が「病」であることだけは解る。伝えるべき対象、表現すべき目的格《オブジェクト》を持たず、定型内のすべての文字が、不安定な躁《そう》のまま、ひたすらに病んでいる。これに比べると後の二首はさほど不可解ではない。ただ、どれもいやに奇妙な後味を残す。「梳《と》く」でなく「解く」際の、湯船の中の女の髪。あるじの意思も理性もそれが「ひろがること」を統御しえない。髪の毛の不埒な紊乱《びんらん》。自動詞「ひろがる」を他動詞「ひらく」、「ひきわたす」に置換して諫《いさ》めようとするのだが、本当に生きやすくなるのか否かは依然として疑わしい。

冒頭で述べた僕自身の横暴な仮説、野口あや子の短歌は小説でもある、という予感は他でもない、これらの作品に孕まれた異質感、どこか「リアル」な、十全な説明を不能にするある種の「短歌の危機」によってもたらされた。けだし、ここには歌が語るはずの「対象としての私」は影をひそめ、歌自体が「私」となり、歌をおのれと共振れさせて、ついには自壊させている。僕はこのさまを名指す言葉を知らず、ひとまず「小説」と呼んだ。僕がふだん用いる「小説」という概念は、そのまま「言語芸術」全体を包摂しているからである。……

いったいに、ジャンルとは何であろうか。俳句をやっていた学生時代、僕は他例にもれず桑原武夫の辛辣な伝統俳句批判（第二芸術論。俳句の系統・家元制度の弊を指摘し、その排他主義が、俳句を伝統芸能や余暇のたしなみ、習い事へ失墜させたと糾弾した。）と、坂口安吾によるその反論とを興味深く読んだ。安吾は作家であり、いわば門外漢、外部者どうしによる本質論だった。桑原は仏文学者、安吾はそこで、「俳句も短歌も芸術だ」と擁護に回りつつも、次のように言語芸術家としての広い視点でものを言っている。

然し日本の俳句や短歌のあり方が、詩としてあるのぢやなく俳句として短歌として独立に存し、俳句だけをつくる俳人、短歌だけしか作らぬ歌人、そして俳人や歌人といふものが、俳人や歌人であつて詩人でないから奇妙なのである。（中略）俳句は十七文字の詩、短歌は三十一文字の詩、それ以外に何があるのか。（中略）私は私小説しか書かない私小説作家だの、私は抒情を排す主知的詩人だのと、人間はそんな狭いものではなく、知性感性、私情に就ても語りたければ物語も嘘もつきたい、人間同様、芸術は元々量見の狭いものではない。（坂口安吾「第二芸術論について」より）

5

二年間、僕は野口に言語芸術としての「小説」を説き、彼女は自身の肥大する「私」をどうにかするために「私小説」を書いた。書かれた作品は読みやすく破綻のない小説だった。が、僕はそれをある程度までは評価しつつも、その小説に破綻がないという点を短所にあげた。彼女はいつしか散文の技量を上げ、自作に「私」を破綻なく棲まわせ、巧みに「私」を書いてしまっていたのだ。小説における「私」は、すべからく、当の小説にとって圧倒的に主体であり、癌の如く致命的に有害でなければならぬ。僕は、野口の「私」が作品自体を食い破り、小説そのものを乗っ取りうる「荒ぶる煩悩」であることを知っていただけに、すっきりと枠におさまったその作品の大人しさは物足りなかった。

僕の過剰な期待は本人にとって酷だったろうが、彼女は実は僕のあずかり知らぬ場所、つまり短歌の世界で避けがたく「破綻」をとげていたのだった。それこそは「小説」であった。「詩」であった。「言語芸術」であった。僕は、卒業してゆく野口、短歌の内部から見事に言語芸術の「病」に達しえた野口を祝福してやらねばならなかったのである。

ひとすじの皮膚がはがれたくちびるを舐める　汚いことしか許されていない

「ちりめんじゃこ」

ものの本によれば、卓越した棋士は九×九マスの将棋盤を、まるで無限×無限マスの地平に偶然区切られた一画であるかのようにイメージし、たたかうという。彼の「私」が狭い盤面を跨ぎ越え、対局相手さえ呑み込んで、ついには「将棋そのもの」と化すのである。念のために言うが、この喩えは短詩の字余りとは一切関係ない。それらを超克した、「自らの地平、自らの肉体、自らの領域を、自ら食み出しゆくものの野蛮なる力」について、僕は書いているのだ。すべては、短歌という「三十一文字の無限世界」における「私《わたくし》の生」の話である。

もちろん広大な文学の世界において野口が未だ若き門徒であることに変わりはない。それでも僕は、野口あや子の「私《わたくし》」が、その次第に老成してゆく理性や、短歌という堅固な様式に制御されつつも、否応なく膨張、暴走、氾濫し、既存の区画からなすすべなく食み出してゆくさまを、もう少し見ていたい気がする。

二〇一二年五月十八日

（すわてつし・作家）

あとがき

これはわたしの第二歌集である。二〇歳から二四歳までの、大学生であった四年間の歌を収録した。

もともと多作であり、その多くが自らにも他者にとっても戯れ歌であることは自覚しつつ、その多くを収録した。わたしが詩歌を作る意義はたぶんそんな、ひとと自分との逡巡、あるいは詩歌とのじゃれあいが愉しいからであり、そうした自らと詩歌のじゃれあいを、卑俗や下等なものとして切り捨てることなどはわたしにはとうていできなかった。

第一歌集から変わったことは、こころで思うこととからだでふれることが同居できるようになったことだ。一〇代まで、欲しいものがあれば周りがいろいろとアドバイスしてくれ、ただ摑みとればよかったし、好きな人ができれば考える前にただそう伝えればよかった。しかし大学生活と作歌生活で多くの友人や教授と出会い、今まで感じたことのなかったどうしようもない憧れや愛しさや嫉妬や憎しみや畏れを抱くことが増えた。彼らと時間をともにできたことはわたしの財産である。そして、自分の手中に入らなくても、彼らや彼らとのできごとに、今すぐにでもあたたかい雨がふればいいと思いながら夜の東海道線の中で携帯電話に詩歌を走らせた。

「夏にふれる」はその、「夏」という物体のない、不安しかない確認作業の時期を、手さぐりのまま、手を、そして心をふれさせて書いた実感を込めた。

解説は小説家でありゼミの指導教官である諏訪哲史教授にお願いした。新たな悦楽を提示してくださった。出版にあたっては第一歌集と同じく短歌研究社の堀山和子さま、また装幀は全面的に菊地信義さまにお世話になった。篤く感謝申し上げる。

二〇一二年五月二十五日　夏のエンジン音を聞きながら

野口あや子

初出一覧

卒業式	「未来」'08年3／6月号
辛口。	「未来」'08年7／8／9／11月号
カーソル	未発表作品
学籍番号20109BRU	「風通し」その1
拒食症だった私へ	「短歌研究」'08年11月号／「幻桃」'08年11月号
学祭／映画制作サークル	「未来」'08年12月号／'09年2月号
数百本の睫毛	「短歌研究」'09年3月号
後遺症	「未来」'09年3月号
Re: Re: Re: 白梅	「新彗星」3号
麒麟麦酒の夜、あるいは、ある別れ	学内同人誌「庭」'09年4月号
一文字	「未来」'09年6／4月号
はぶらしと桃	「未来」'09年5月号
切れ毛	未発表作品
なつのなみだ	「未来」'09年8／9／10／11月号
こんな恋などしていない	「短歌往来」'09年8月号
ギター	未発表作品
水瓜	「未来」'09年8月号
つめたい埃	「短歌研究」'09年8月号

椅子　「幻桃」'09年11／9月号
ジェンガ　「未来」'09年12月号
ちりめんじゃこ　未発表作品
伝言　未発表作品
『希望』に対するanswer―『三十代の潜水生活』in柳ヶ瀬　即興朗読―
落桃　「幻桃」'09年11月号
電池の熱　「未来」'10年1／2／3月号
単位認定試験　「幻桃」'10年1／3／5月号
投げ込むものは　未発表作品
めぐすり　「短歌研究」'10年3月号
父はそのあと離れに行った　「未来」'10年4／5月号
けんりょく　「毎日新聞」'10年2月22日
だむだむ　「未来」'10年6月号
ひらく曲線　未発表作品
宵の敷道　未発表作品
コルク　「未来」'10年7／8／9／10月号
うなじから生る瓜　「短歌研究」'10年7月号
短き木の葉　「角川短歌」'10年8月号
黒い橋　未発表作品
「つばさ」

指ひとつずつ	「ＮＨＫ短歌」'10年11月号
名古屋高速	「未来」'10年11／12月号／'11年1／2月号
花を捨てる	「幻桃」'10年7・9・11月号／'11年1・3月号
晩秋から初冬	「未来」'11年3／4月号
あめの隙間	未発表作品
指紋	「短歌往来」'11年3月号
柱に触れる	「短歌研究」'11年3月号
図版	未発表作品
垂直	「幻桃」'11年5月号
文化センター	「未来」'11年5月号
はばたくままに	「角川短歌」'11年4月号
通夜	未発表作品
本屋の袋	「未来」'11年6月号
けっかん	未発表作品
細き矢印	「中日新聞」'11年4月23日
From your daughter	「短歌研究」'11年6月号
百合のきみどり	「未来」'11年8月号／「幻桃」'11年7月号
小雨	「未来」'11年7／9月号
顎のかたち	未発表作品

検印
省略

平成二十四年七月十六日　印刷発行

歌集　夏《なつ》にふれる

定価　本体二七〇〇円（税別）

著者　野《の》口《ぐち》あや子《こ》
郵便番号五〇一―一一〇六
岐阜県岐阜市石谷五二五

発行者　堀山和子

発行所　短歌研究社
郵便番号一一二―〇〇一三
東京都文京区音羽一―一七―一四　音羽YKビル
電話〇三（三九四四）四八二二・四八三三
振替〇〇一九〇―九―二四三七五番

印刷者　東京研文社
製本者　牧製本

ISBN 978-4-86272-305-5 C0092 ¥2700E

短歌研究社　出版目録

＊価格は本体価格（税別）です。

歌集	雨の日の回顧展	加藤治郎著	A5判	一九二頁	三〇〇〇円	〒二〇〇円
歌集	一天四海	比嘉美智子著	A5判	二〇八頁	二六六七円	〒二〇〇円
歌集	須磨一弦	船橋貞子著	四六判	二二四頁	二五〇〇円	〒二〇〇円
歌集	海馬の尻尾	花木洋子著	四六判	一九二頁	二三八一円	〒二〇〇円
歌集	白き原野	藤田澄子著	A5判	二二四頁	二三八一円	〒二〇〇円
歌集	丹頂の笛	糸目玲子著	四六判	二〇八頁	二三八一円	〒二〇〇円
歌集	なごり雪	清水エイ子著	A5判	一八四頁	二三八一円	〒二〇〇円
歌集	夏のゆうかげ	向井志保著	四六判	一七六頁	二六六七円	〒二〇〇円
歌集	時間の器	森下優子著	四六判	一九二頁	二五〇〇円	〒二〇〇円
歌集	湖螢	山田厚子著	四六判	二〇八頁	二五〇〇円	〒二〇〇円
歌集	えくぼ	松井多絵子著	四六判	一九六頁	一九〇五円	〒二〇〇円
歌集	星状六花	紺野万里著	A5判	二二四頁	二三八一円	〒二〇〇円
歌集	神の翼	嵯峨直樹著	四六判	一七六頁	一八〇〇円	〒二〇〇円
歌集	風にあずけて	三木佳子著	四六判	二〇〇頁	二五〇〇円	〒二〇〇円
歌集	くびすじの欠片	野口あや子著	四六変型	一四〇頁	一七〇〇円	〒二〇〇円
歌集	春の扉	河野泰子著	四六判	二四八頁	二五〇〇円	〒二〇〇円
歌集	琉装の雛	銘苅真弓著	A5判	一九六頁	二三八一円	〒二〇〇円
歌集	紫の花穂	宮城鶴子著	四六判	二〇八頁	二三八一円	〒二〇〇円
歌集	海ひかる	谷口ひろみ著	四六判	一八四頁	二五〇〇円	〒二〇〇円
歌集	ミドリツキノワ	やすたけまり著	四六判	一四四頁	一七〇〇円	〒二〇〇円
歌集	厚着の王さま	松井多絵子著	四六判	一九二頁	一七〇〇円	〒二〇〇円
歌集	櫂をください	藤田冴著	四六判	二四〇頁	二三八一円	〒二〇〇円